広がる空には

Anthology of Lyre

LYRE

いのちのことば社

主の栄光だけが光り輝きますように

目次

主よ、あなたの声を聞かせて……　6
このままで……　8
猫も見てた……　10
ひびき……　12
御心のままに……　14
雲の上の希望……　16
月の光……　18
希望の朝に……　20
きっと空が青い……　22
遥かに広く……　24
あなたの喜びとなるように……　26
帰り道……　28
ひとつだけのこと……　30
いつまでも祈りとなって……　32

かけがえのないもの……34
美しき日々……36
広がる空には……38
すばる座……40
ガリラヤのイエス……42
土の器……44
その右の手は……46
緑の風……48
すばらしいから……50
ふるさと……52
主の御手につつまれて……54
いつもがキセキ……56
永遠にあなたを満たすもの……58
永遠に共に……60
最後まで……62
おわりに……64

主よ、あなたの声を聞かせて

さびついた心かかえて時には倒れて　けど

信じているものが待つものは　永遠につづく光の世界

差しのべられた御手を振りほどき　歩いたときにも
大きなあなたの愛によって
遠くに聞こえた歌がよみがえる

主よ　あなたの御前に　もう一度　引き寄せて

主よ、あなたの声を聞かせて
とこしえに変わることないことば
私が歩む道のすべてに　あなたに導かれてすすむだけ

このままで

だれか助けて叫ぶ心は
いつもあなたを求めていた
だれも知らない心の奥を
いつも赦せず過ごしていた

このままで愛されてる喜びに出逢って
今すぐに主の御手の中に飛び込む　そのまま
……恐れないで何も飾らずに生きてゆけばいい
すべてのこと知っておられる主があなたを愛してる

9　このままで

猫も見てた

「いつまで疑ってるの？　ご覧、この空を
このすべてを造られた主に　僕はすべてを
ゆだねてるんだぜ」
あきれた目で　私を見てたのかな？
五月の風に吹かれて　猫は目を細めていた

11　猫も見てた

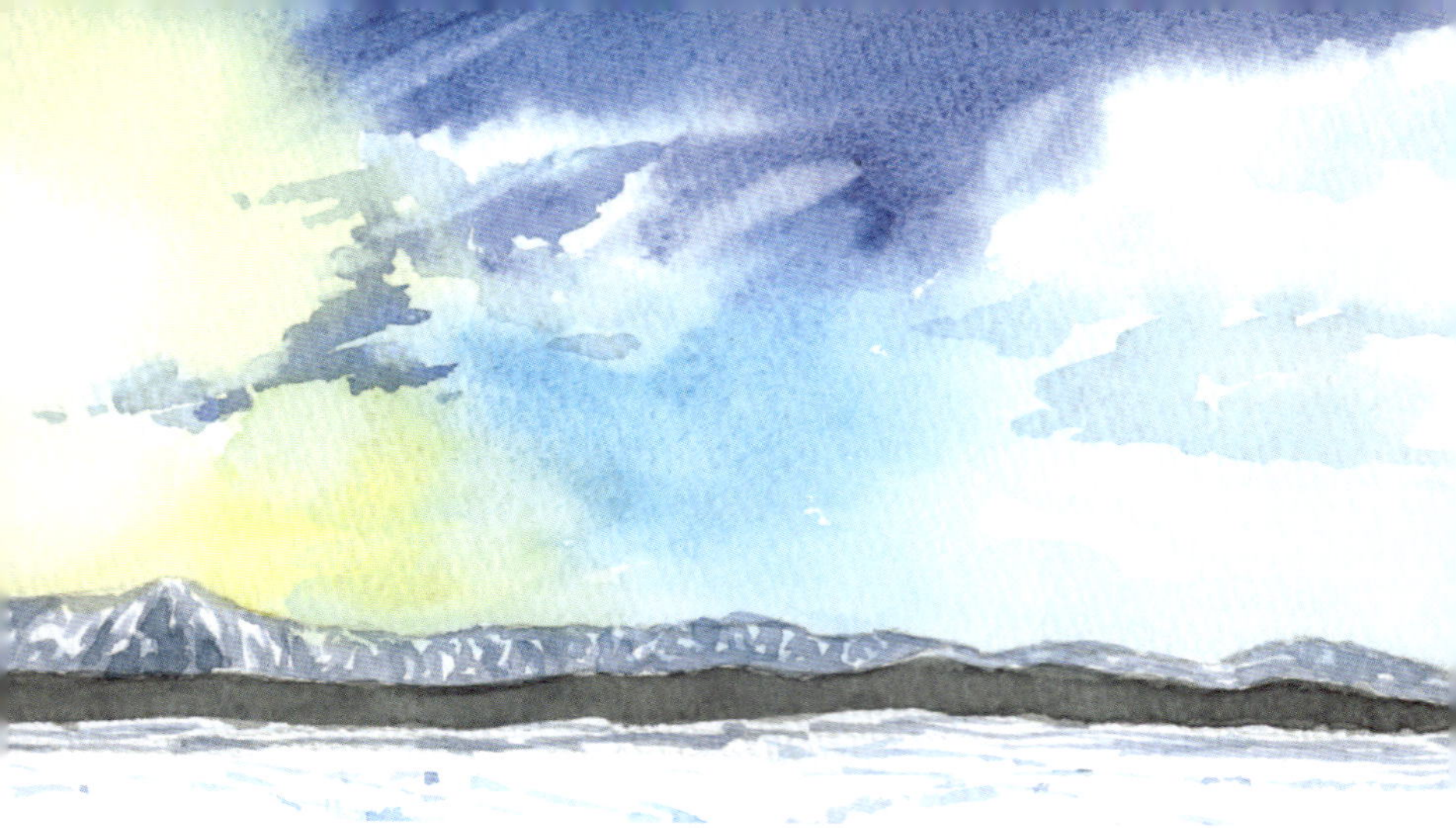

ひびき

響き渡れ
この大地に
主のその呼び声が
のがさぬよう
どこにいても
地の果てまでも

主よ　主よ
とわに　あなたの語るその声が
ずっとこの身に響くように

……主よ　主よ
とわに　あなたを慕うたましいは
ずっとあなたを愛し生きる

御心のままに

苦しみも　悲しみも
別れへの恐れも
主は知って　それでもと
最善を成し続ける

とらないでと祈ったり
助けてと祈ったり
でもみこころのままにと　心から祈っていたい
生きることも死ぬこともその中にあるから

病のため父が意識不明となり、どう祈ったら良いかわからなくなりました。

生かしてください、癒してください、そんな祈りとともに神様の御心はどうなのだろう、と。そんなとき、ゲツセマネで祈るイエス様の姿がわたしに迫ってきました。

イエス様がご自分の心を注いで祈るとともに、最後は「父よ、あなたの御心のとおりをなさってください」と祈る姿になぜかホッとしたのです。

それ以来、このイエス様の祈りは、いつもわたしの祈りの模範となっています。

Akiko

雲の上の希望

いくつ時や日々を重ねてても
わからないことがある
泳ぎ方を知らず　海の中で
おびえるような私は
泣きたくなる　ときもあるけど

あの空より高く　あの雲より広く
主のこたえは　今は見えないけど
おおいつくす雲のすきまから光が差し込むように
主の光が必ず
この心を照らす日を待ち望む

月の光

ひとりで泣いてた夜も
月の光があったように
今の私のありのままを
包み込む愛があった

19　月の光

希望の朝に

しずかな朝明けの空に　心がひらかれゆくように
迎えよう　よみがえられた救い主を
心のかなしみはいつか　よろこびにかわるその日を
信じて　大空高く舞い上がれ

21　希望の朝に

きっと空が青い

たとえば
飛ぶことを忘れた小さな鳥のようで
自由をそのものにしてる空が
かすんで見える
そんな日々に埋もれて
優しい人の声に

時折泣けてくるような
自分が弱く見えた
理屈をならべながら
悲しみ数えていたけど
あたりまえをもっと喜べたら
きっと空が青い

遥かに広く

ひとりで生きてはゆけないと
小さな世界で　叫んでいた

主よあなたはこの私を引き上げて
迎えて　あの広いところへ導いてくださる

私の心は今も主に向かって喜び歌い出す
すべてをつつむキリストの愛は
はるか　はるかに　広く

……キリストの愛を知ることができるように

25　遥かに広く

あなたの喜びとなるように

どうかわれらにいつもあなたの愛と
その平和を与える力を
いつかあなたにまみえるその時まで
ただあなたの喜びとなるように
心に今映すあなたのその姿は
前を行くこの身のかわらないしるべ
たたえよ　われらの神を　とこしえまで
生きるわれらの証しとなって
ささげよう　われらの愛を　とこしえまで
十字架を担い歩まれた主イエスに

充分に受けているのに、ほんの少しも与えることができない。

イエス様は私のすべてであるとの信仰告白が霞《かす》むほど、自分自身には愛がないことに気づかされる。

主の愛を喜びながら、そこにあぐらをかいている自分。

頑張ろうにも何もお返しすることもできない自分。

何が私にできるのだろうか？

それでも、イエス様、あなたを信じ続けます。

イエス様、あなたに従って行きます。御名をほめたたえます。

私のためにいのちをささげてくださったイエス様。

キリストにならいて、私自身を主におささげしたい。

歌うたびに、悔い改めと献身の思いに立ち返ります。

Shinta

帰り道

今日がたとえ涙で終わっても
朝の光は　この心を照らす
私たちが見上げるその方はここにおられる
今私のうちに
今あなたのうちに

29　帰り道

ひとつだけのこと

愛されるよりも愛することを教えた
あなたの姿は
いくつもの日々を　越えて今も
この心に　暖かく灯る

郵便はがき

恐縮ですが
切手を
おはりください

164-0001

東京都中野区中野 2-1-5

いのちのことば社

出版事業部行

ホームページアドレス　http://www.wlpm.or.jp/

お名前	フリガナ	性別	年齢	ご職業
		男・女		
ご住所	〒	Tel.　(　　　)		
所属(教団)教会名		牧師　伝道師　役員 神学生　ＣＳ教師　信徒　求道中 その他 該当の欄を○で囲んで下さい。		

アドレスをご登録下さい！

携帯電話 e-mail:

パソコン e-mail:

新刊・近刊予定、編集こぼれ話、担当者ひとりごとなど、耳より情報を随時メールマガジンでお送りいたします。お楽しみに！

ご記入いただきました情報は、貴重なご意見として、主に今後の出版計画の参考にさせていただきます。その他、「いのちのことば社個人情報保護方針（http://www.wlpm.or.jp/info/privacy/）」に基づく範囲内で、各案内の発送などに利用させていただくことがあります。

いのちのことば社＊愛読者カード

本書をお買い上げいただき、ありがとうございました。
今後の出版企画の参考にさせていただきますので、
お手数ですが、ご記入の上、ご投函をお願いいたします。

書名

お買い上げの書店名

町
市　　　　　　　　　　　　　　　　書店

この本を何でお知りになりましたか。

1. 広告　いのちのことば、百万人の福音、クリスチャン新聞、成長、マナ、
信徒の友、キリスト新聞、その他（　　　　　　　　）
2. 書店で見て　3. 小社ホームページを見て　4. 図書目録、パンフレットを見て
5. 人にすすめられて　6. 書評を見て（　　　　　　　　）
7. プレゼントされた　8. その他（　　　　　　　　）

この本についてのご感想。今後の小社出版物についてのご希望。

◆小社ホームページ、各種広告媒体などでご意見を匿名にて掲載させていただく場合がございます。

◆愛読者カードをお送り下さったことは（　ある　初めて　）
ご協力を感謝いたします。

その御跡を踏みしめて
この身に刻みたいことは

人を愛する故
十字架を選んだ
イエス・キリスト

いつまでも
祈りとなって

見上げる空は変わらず　愛の広さを映す
なみだながらに　祈った想いを知って包み込む

……風よ　伝えておくれ　あの日の祈りの声を
今は　あなたのその胸に　ひびいているでしょうか
あのなつかしい声が

……今も　絶えぬ祈りは　明日をとわへとつなぐ
目指す　故郷のいとしさよ
その想いはどこまでも　やすけく　ひびいてゆけ

かけがえのないもの

かけがえのないものをその手で握りしめ
失わぬようにと　もがいていた日々

ひとりひとりの歩みを支えているものは
かけがえのないという主イエスの想い

喜びはやみの中で立ち上がってゆくため
悲しみはどんな時でも希望に満ちるため

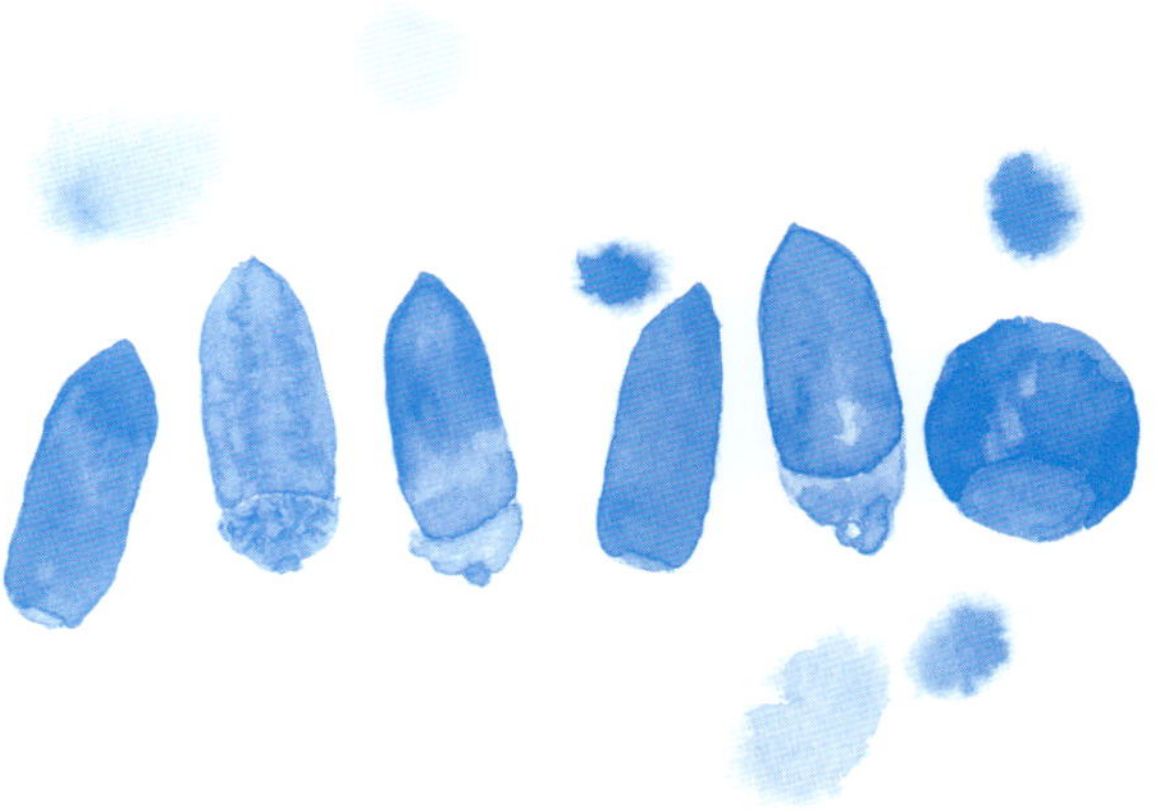

35　かけがえのないもの

美しき日々

ほら　こんなにも
あなたの前に
あるものの全てに
神様の愛は
優しく注がれているから

疲れた心だけが重い時は
立ち止まって
風を感じ　空を見上げ
愛を思い　眠りにつこう

広がる空には

愛することの意味を
問いかける日々を重ねて
それでもあなたの愛の深さに
気づけずにいた

避けえぬ痛みを
通りゆく時に
どんな苦しみも
越えてゆける愛に出会える

あの日十字架でいのちを捨てた方の
今も注がれてゆく永遠のその愛を信じよう
広がる空には確かに道はつづく
祈る心の中に天につづいている道がある

すばる座

白い息と共に　思いは天に向かうよ
あなたの創られた果てしない空の下で
すべての星の数を　知っておられる方が
私のこの私の思いを　知っておられるなんて

41　すばる座

ガリラヤのイエス

何のために生きているのか
誰のために生きてゆくのか
見失い疲れた時は　あのガリラヤのイエスを想う

立ち止まって　振り返る道　何が私にできたのだろう
悔やむ思いあふれる時は　あのガリラヤのイエスを想う

彼は神の子だったのに　誰からもほめられもせず
ののしられても　さげすまれても
人を愛して友となられた

私たちが生かされている理由、それを見失うと本当に人生に迷ってしまう。

神の子であるイエス・キリストが地上に来られ人となられたこと、痛み、苦しみ、さげすまれた中においても私たちを愛し続けてくださったその大きすぎる愛。

私たちがイエス様の愛に立ち返るとき、勇気が湧いてくる。

イエス様を見上げるとき、心に迫るほどの愛のまなざしを感じることができる。

すべての希望はイエス様にのみある。私たちがただ、うつむいて、かたくなに閉じていた目を開いて顔を上げるとき、すぐそこにおられるイエス様を見つけることができる。私たちのイエス様は、決して無理やり私たちの顔を持ち上げて「顔上げなさい！　目を開きなさい！」とは言われない。疲れた私たちのすぐそばにおられて、ただ私たちと目が合う瞬間を期待して待っておられるお方。

今日もその主イエス様と目を合わせ共に歩んでいこう。

Chitose

土の器

私たちは土の器　あなたの優しい御手で造られた
私たちは土の器　あなたの光を入れる器
どうか私が　自分を誇らぬように
あなたに救われた　喜びを忘れぬように

45　土の器

その右の手は

誰も知らない明日に　まだ歩いてない道に
主イエスはともにいると答えて　私を進ませる

……暗やみに聞こえる声が私の光となる
「恐れるな　たじろぐな　わたしがあなたの神だから」

その右手は私を守るとこしえの腕
主の右手は私を助け私を運ぶ　今よりとこしえまでも

緑の風

迷子の羊はあの牧場の　風を思い出し
あたたかな愛に包まれた日に　帰りたいと泣いていた
優しい風に乗って　迎えに来る方を
ずっと待ってた　そう　ずっと待っていた
うずくまったこの私を　見つけだしてほしいと叫んでいた

49　緑の風

すばらしいから

めぐる季節に取り残されて
浮かぶ景色は今もあざやか

過ぎる季節に出会った友は
すべて天からの恵みのしずく

生きてゆく日を喜び祝おう
そんな当たり前が本当にすばらしいから

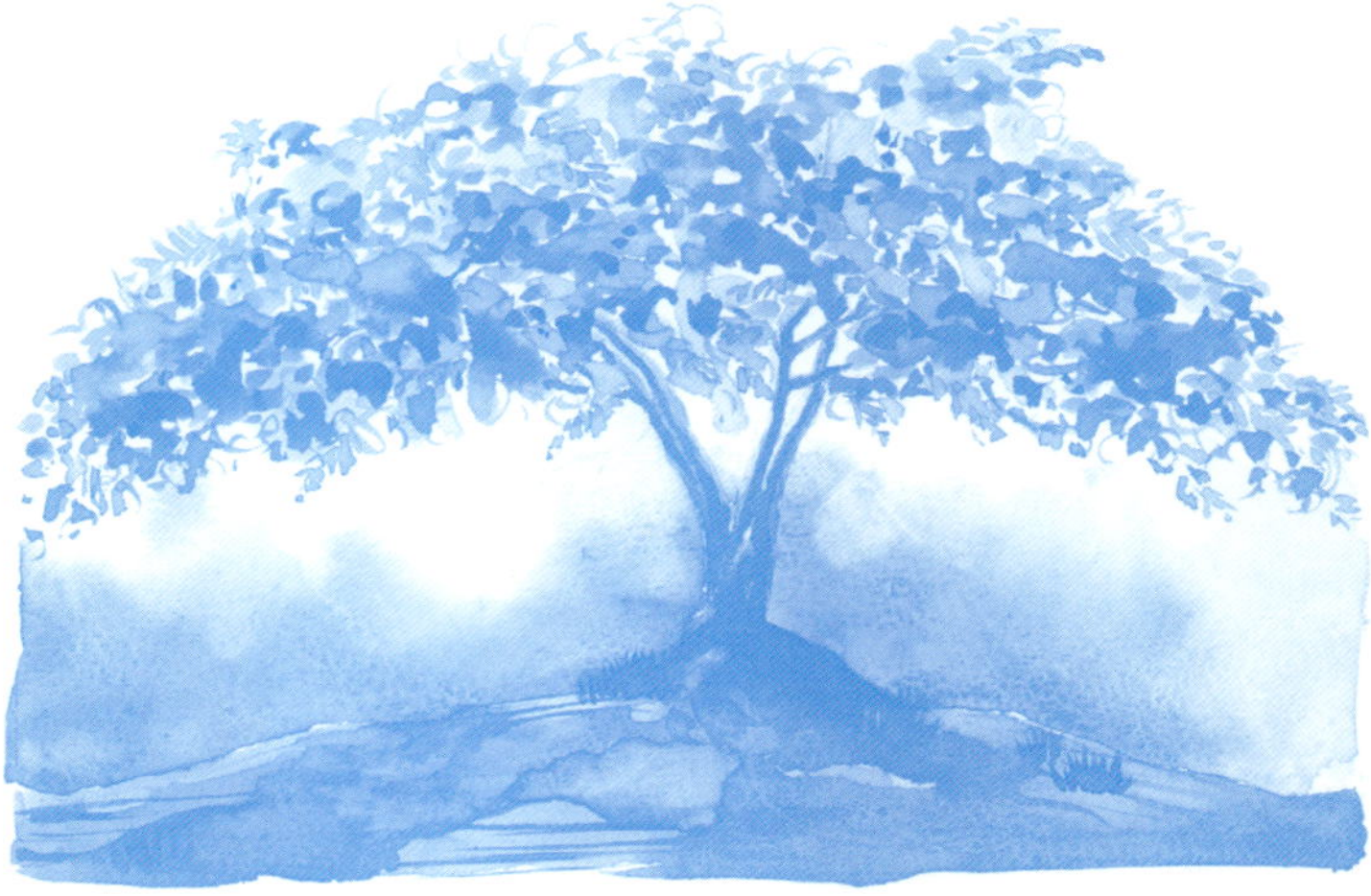

ふるさと

いつか帰ろう
私たちの心のふるさとへ

あの丘に立って
共に手を取って一緒に笑おう
いつか帰ろう
私たちの永遠のふるさとへ
その日は悲しみが終わり
愛する人との別れに
もう泣かない　ふるさとへ

主の御手につつまれて

見えない明日に向かい　立ちすくむそんな時は
主イエスの歩んだ道を　見上げて力を得よう

……水面に映る山々　美しく流れる雲
こんな小さなものさえも選び祝して
赦しといのちのことばを託してくださる主イエスよ
御跡に従います

風が大空があなたをつつむように
愛する主の御手があなたをつつんでゆくから

病気になったり、さまざまなことで心も枯れてしまい、台所に立つことができなくなって、ご飯も食べられない、外に出られない……そんな日々を通されました。

本当に何もできなくなって、ただ布団に横たわり、窓の外を眺めるしかできない日々でした。生きていく上で大切な食事、仕事……基本的なことさえできない自分を情けなく思い、聖書を開けないことも多く。

今、高知の山々、海、川、そして大空。自然の美しさ、山の頂に圧倒され、そこに神様を感じます。そんなとき心に残っていた一つのみことばは、詩篇121篇。「私の助けは、天地を造られた主から来る」、これが支えでした。

何も見えなかった、できなかった私ですが、自然に囲まれて生きることで、神様の手に包まれるのを感じ、神様の恵みを幸せと感じます。

「ああ、主は生きておられるな……」と。

先の見えない人生ですが、これからも私たちの人生を、主が導いてくださることを信じます。

Megumi

いつもがキセキ

桜の花色に染まる空を見上げ
生きてるこの日々は　奇跡と思った
祈りが聞かれないと　嘆いていた私が
祈っていないことも　あなたは聞いてくれた
悲しみの世界は色濃く映るけど
あなたの真実は今日も輝く

永遠にあなたを満たすもの

忘れないで　どんな時もそばにいて
あなたの名前を呼んで
永遠に満たし続けるこの方を
尽きることも変わることもない愛は
確かにあなたのため死なれ
そのいのちを喜び続ける

永遠に共に

あなたの微笑みは暗闇の中の光
静かに佇む　荒れ地に咲いたバラのように
あなたは平和の君としてこの世に来られた
憎しみ　妬みが渦巻くこの世界に
誰の祈りも　届かぬような
無力さの暗闇に打ち勝つ光が来られた

61　永遠に共に

最後まで

神様　私は　あなたを最後まで
愛せるでしょうかと
弱い思いを今　空にうつした

おわりに

あの空のように

若林栄子

私の手元に何冊かのノートがある。ずっと書き溜めていた詩のノートだ。懐かしい気持ちで一冊目の表紙をめくると「空」の歌詞が出てきた。私が生まれて初めて作った賛美。この賛美はＬＹＲＥ《リラ》が誕生するきっかけにもなった、私にとって思い出深い大切な曲だ。

この曲を一緒に歌ってくれたクラスメートがいて、その歌を録音したカセットテープからさらに出会いが生まれ、自然と今のＬＹＲＥメンバー六人が集められた。あれから二十五年。コンサートで幾度となく六人でこの「空」を歌ってきた。私は歌いながらときどき懐かしい光景を思い浮かべている。

この曲を作った日、器楽レッスン室の小さな窓から見た、空と風に揺れていた小さな黄色い花。学生食堂の片隅にあるピアノを囲みながら賛美していた夕暮れ。沖縄の窯元で歌いながら見上げた、果てしなく広がる青空。

一人でそっと作った小さな曲にＬＹＲＥのハーモニーが重なると、いろんな景色が見えてくるから不思議だ。六人のハーモニーを聞いてからあらためて、「この曲はこんな想いが込められていたんだ」と気づくことが何度もあった。そのたび、ＬＹＲＥの賛美は、曲があって、みんなの声が重なって、そこで初めて「ＬＹＲＥの賛美」となっているんだなぁと思わされる。

ノートに書いてある詩は、私の心の叫びだったり、祈りだったり、時には涙だったり。神様と自分の一対一の世界が記されている。

でもそこから生まれた曲に、さまざまな人生の中にあるメンバー六人の声と心が重なるとき、その詩は、広がりを持ち、いろんな人の人生や想いと重なる歌になるのかもしれない。

ＬＹＲＥの曲をとおして神様の愛を感じた、慰められた、そう話していただくたび、本当に感謝だなぁと思う。私たち六人のそれぞれの歩みのなかで、そこで体験した神様の愛が、賛美をとおしてだれかの心に届くならこんなにうれしいことはない。

「イエス様の愛は空より広い」そう綴った日から二十五年間、空はいつも私の近くで神様の愛を思わせてくれた。

あの空のように、ＬＹＲＥもだれかの心にそっと寄り添い、神様の愛を示す存在でありたい……。

そんなことを思いながらそっとノートを閉じて、窓を開けた。

雲ひとつない青空は今日も輝いていた。

心一つに　声を合わせて

塚田　献

これは夢なのか、とときどき思うことがある。

「生きている」という時間は時にゆっくり流れ、時に記憶が覚束《おぼつか》なくなるほどに激しく流れて、それでも目を閉じると浮かんでくる鮮明な映像が、すべてがリアルなんだと教えてくれる。

何かがこうなってほしいと強く望んで生きてきたわけではなかった。ただ、生きているということは何であるかを知りたかった。

生きていることの意味や目的を、その価値を知らせることができるのは、ただいのちを与えることのできる存在だけであることを知ったとき、この方に向かって歌うことが何よりの喜びとなった。うれしいこと、つらいこと、喜び、悲しみ、どんなことでも歌にのせて届けることができ、それを神が聞いていてくださるとはどんなにすごいことかと思った。

だれかが聞いてくれるということは問題ではなかった。はてしなく壮大な大地や緑の風が駆け抜け、人々が行き交う街並みを思い浮かべながら、ひとりで歌う、それだけで十分だった。ただいつか、天に軍勢が集って主を賛美するという、そんな賛美の輪の中の端っこにでも自分がいることができればと心から願った。それが、主イエス・キリストとの再会の中で自分のうちに生まれてきた賛美というものだった。

「賛美は神様が与えてくれるものだから、自分がどう思おうと大事にしなさい」と言われ、人には聞かせることができないように思える歌も、大事にしようと思った。

その後、ＬＹＲＥという賛美グループに出会って、だれかとともに主をほめたたえることの喜びを教えてもらった。想像もしていなかったが、この六人のメンバーで歌う賛美は、自分ひとりで歌うそれとは広がりや深さがまったく違った。歌うたびに、そのときどきの一人ひとりの信仰の歩みが重なり、困難の中でも、主にすがり、信頼を貫く姿に励まされた。

時にはいろんなことで、ともに賛美するのが難しい状況になっても、いつも同じ心を持っていることが分かった。初めて出会ったときから、今に至るまで、ＬＹＲＥのメンバーのみんなはいつも、ただイエスさまが大好きで、どんなにこの方を愛しているか、そしてどんな時もこの方を愛していきたいと心から望んでいるのが分かり、それは変わることはなかった。だからここまでいつも賛美してこられたのだと思う。


さらなる不思議は、ＬＹＲＥの賛美をとおして、多くの人の心のうちに、主がご自身を現わしてくださっているということだった。

広がる空に映る風景は、いつも同じではなかったし、これからも明日の空はわからない。でもこの空を見上げるたびに、主はどんなにか私たちを愛し、どんなときにも、ともにいることを知らせ続けてくださる。

【出典一覧】

6頁　主よ、あなたの声を聞かせて「LYRE」
8頁　このままで「LYRE2001　いつもともに」
10頁　猫も見てた「LYRE2001　いつもともに」
12頁　ひびき「LYRE2001　いつもともに」
14頁　御心のままに「LYRE」
16頁　雲の上の希望「LYRE2001　いつもともに」
18頁　月の光「LYRE2003　きっと朝には」
20頁　希望の朝に「LYRE2003　きっと朝には」
22頁　きっと空が青い「LYRE2003　きっと朝には」
24頁　遥かに広く「LYRE2003　きっと朝には」
26頁　あなたの喜びとなるように「LYREセレクトアルバム　わたしたちのこの口は」
28頁　帰り道「LYRE2003　きっと朝には」
30頁　ひとつだけのこと「LYRE2008　かけがえのないもの」
32頁　いつまでも祈りとなって「LYRE2008　かけがえのないもの」

34頁　かけがえのないもの　「ＬＹＲＥ２００８　かけがえのないもの」

36頁　美しき日々　「ＬＹＲＥ２００８　かけがえのないもの」

38頁　広がる空には　「ＬＹＲＥ２０１１　共に」

40頁　すばる座　「ＬＹＲＥ２０１１　共に」

42頁　ガリラヤのイエス　「ＬＹＲＥ２０１７　最後まで」

44頁　土の器　「ＬＹＲＥ２０１３　めぐみのしずく」

46頁　その右の手は　「ＬＹＲＥ２０１３　めぐみのしずく」

48頁　緑の風　「ＬＹＲＥ２０１３　めぐみのしずく」

50頁　すばらしいから　「ＬＹＲＥ２０１３　めぐみのしずく」

52頁　ふるさと　「ＬＹＲＥ２０１３　めぐみのしずく」

54頁　主の御手につつまれて　「ＬＹＲＥ２００３　きっと朝には」

56頁　いつもがキセキ　「ＬＹＲＥ２０１７　最後まで」

58頁　永遠にあなたを満たすもの　「ＬＹＲＥ２０１７　最後まで」

60頁　永遠に共に　「ＬＹＲＥ２０１７　最後まで」

62頁　最後まで　「ＬＹＲＥ２０１７　最後まで」

広がる空には

日本音楽著作権協会（出）　許諾第1803505-801号
2018年5月20日発行

詞・イラスト　LYRE・塚田由美子
発　　行　いのちのことば社
〒164-0001　東京都中野区中野2-1-5
編集　TEL 03-5341-6924　FAX 03-5341-6932
営業　TEL 03-5341-6920　FAX 03-5341-6921
HP　http://www.wlpm.or.jp

印刷製本　シナノ印刷株式会社

ISBN 978-4-264-03908-2